Det knirker og knager

- vendepunkter

Udgivelser af forfatteren

Romaner
Hemmeligheder. BoD
Tab og vind. BoD

Vendepunkter
6 Rub og stub. BoD
5 Revl og krat. BoD
4 Det bimler og bamler. BoD
3 Det knirker og knager. BoD
2 Bulder og brag. BoD
1 Himmel og hav. BoD

Pædagogik
Pædagogik – refleksion og faglighed. Reitzels Forlag
Case – situationsbeskrivelser. Systime
Pædagogikkens 7 forhold. Semi-forlaget
Udviklingsarbejde – hvordan. Semi-forlaget
Forældresamarbejde – en uvant praksis. Rokkjærs forlag
Nej til folkeskolen? Ja til ansvar. Borgens Forlag

Åge Rokkjær

Det knirker og knager
- vendepunkter

Det knirker og knager
2. udgave
© 2021 Åge Rokkjær
Omslag og opsætning: Åge Rokkjær og Niel Rokkjær
Forlag: BoD – Books on Demand, Hellerup, Danmark
Tryk: BoD – Books on Demand, Norderstedt, Tyskland
ISBN: 9788743033110

Vendepunkter

Der berettes om hændelser, følelser, oplevelser, un-
dren, stillingtagen, optagethed – alt sammen fragmen-
ter fra og omkring mit liv.

Vendepunkter har derfor en betydning for mig,
som naturligvis kun giver mening for dig, hvis du
kan se meningen. Men ellers er det bare at læne
dig tilbage og indleve. Det giver vel også god me-
ning.

God fordøjelse
Åge Rokkjær

Løbetid

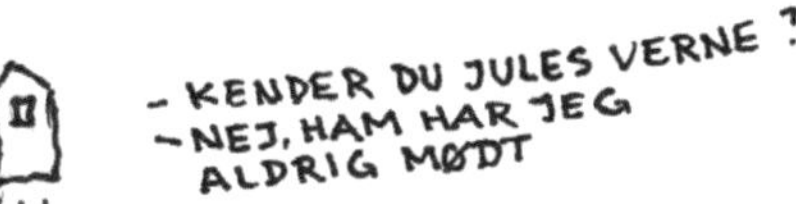

Solen

Du havde en lejlighed
på 1. sal
midt i cementblokkene.
Her var der
et bankende hjerte
som i stedet for det lyssky grå
så dig gå
på altanen i din gule bikini.

Du skabte en længsel
hos en årvågen fyr
med kikkert.
"Det gule er solen
- varm og dejlig."

To ♥♥ dukkede op
i mit vindue.
Derefter et <u>VI SES.</u>

"På et kors over din seng
vogter han sikkert over dig
og noterer,
når du får sved på panden."
tænkte jeg tøvende
og ringede på.

"Kommer ... er lige i bad!"
lød en mandestemme.
Og solen gik ned.

Gift

Du skulle føle sig hjemme.
Så jeg hængte gerne
dine billeder op
for dig.
Hjalp med indretningen.
Samlede de IKEA-møbler
du ønskede dig.
Hængte fjernsynet op.
Så Family Life,
Vild med dans
og Bagedysten.
Opvartede veninder
og svigermor.
Købte Se&hør.
Du skulle være tryg
og vi talte om at få børn.

Og så var det jeg opdagede
at jeg var en mand
med egne behov.
Gik på jagt
og til tennis.
Så actionfilm.
Opvartede mine venner
og min mor.
Købte Rapport
og var glad.

Nu vil hun skilles
og huset står tomt.
Jeg forstår det ikke -
det gik jo lige så godt.

10

Affekt-effekt

Jeg prøvede at nå dig
på alle måder.
Febrilsk
forsøgte jeg
at finde
din akilleshæl.

Men et filter
filtrerede
effektivt
mine forsøg.

Jeg opgav til sidst
og vendte ryggen til dig.

Så prøvede du at nå mig
på alle måder.
Febrilsk
forsøgte du
at finde
min akilleshæl.

Men et filter
filtrerede
effektivt
dine forsøg.

Drama

Du smasker!
- Jeg *hader* dig.

Du ødelægger *mit* liv!
- Du lægger *mig* i graven.

Der gør *du* mindst skade.
- *Du* er utålelig, hæslig og dum.

Du er syg, rådden, et omvandrende lig.
- *Lad være at råbe!!*

Du er en … en *egoist.*
- *Du* er iskold.

Du oser af kulde.
- *Du* har ikke noget at give.

Du har ikke noget at give.
- *Du* er uopfindsom - gentager bare.

Du er *helt* fra den.
- *Du* falder fra hinanden.

Du ser *dum* ud.
- Andre synes *jeg* er sød.

Andre? … ha!
- Ahr. Jeg går i seng nu.

Vent på mig …

12

Forelsket

Smuk.
Blå øjne.
Lyst hår.
Endelig ligger hun der.
Lady Godiva
uden den hvide hest.
Splitternøgen.
Tilgængelig.

Sitrende
når blot jeg rører
hendes arm.
Tydeligvis opstemt
og parat til
at modtage
mine initiativer.

Også jeg er nøgen
og rører forsigtigt
hendes opvarmede bryster
og siden hendes skridt.

Hun hvisker kom
og jeg elsker dig.
Samantha
min silikonerobot.

Ingen problemer

Samantha
sad ved siden af mig
i flyet til Tenerife.
Ingen problemer.
Hun havde sit eget
personnummer og pas.
Vi indlogerede os
i hotelværelset.
For at aldersforskellen
ikke skulle virke påfaldende
tog jeg paryk på
når vi gik tur
og solede os ved poolen.
Vi snakkede
om alt muligt.
Jeg havde sikret mig,
at der var wifi.
Så der var ingen grænser for
hvad hun vidste
da hun var tilkoblet
internettet.
Jeg citerede mine digte,
som hun huskede
at gemme i skyen.
Måske den
der netop sejlede forbi
med retning mod vulkanen Teide.

Robotter

Servicerobotter
kan man blive afhængig af.

Sexrobotter
kan man forelske sig i.

Dræberrobotter
udgør den ultimative frygt.

Robotter
der ligner mennesker
gør mig bange.

På samme måde
har jeg det
med mennesker
der ligner robotter.

Spildet

Jeg gætter på
kryds og tværs.
Spiller på Lotto
og bet dot com.

Køber skrabelod i kiosken
og lodder ved tombola.
Vædder om alt
og med alle.

Jeg vinder en dag
en million.
For én ting er sikkert
og det er mit motto:

"Den der ikke spiller
kan ikke vinde!"

Jeg spiller
og spiller
og spiller
og spilder
hele livet.

Spil

Det er mit motto:
Spil ikke på Lotto.
Tro ikke på chancen.
Ej heller revanchen.

At vinde i lotto
er som at ramme
en skraldespand
som man ikke kan se
ved at kaste
en tomat ud af vinduet
fra et lyntog
et eller andet sted
mellem København
og Paris.

Jeg sagde til mine børn
i Tivoli:
Hver gang
jeg *ikke* spiller
vinder jeg
min indsats.

Far skal spille
Far skal spille

Jeg vandt 1. præmie
en stor Lego-borg.
Vi legede hele søndagen.

Kom ikke her

Fluelort
på vinduerne.
Spindelvæv
i hjørnerne
og bag malerierne.
Myrer
mellem fliser og i græsplæne.
Bladlus
i hæk og roser.
Dræbersnegle
i rabarber og blomster.

Jeg gør fluer fortræd.
Suger edderkopper
med støvsugeren.
Bladlus
får sprøjten.
Myrer
får kogende vand.
Dræbersnegle
hugges over med spaden
eller druknes i øl.
Ingen myg og hvepse.

For her bor jeg.

Spisetid

- SOVER DU LODRET ELLER VANDRET?
- SÅ SÅ. LIDT PRIVATLIV HAR MAN VEL LOV AT HA'.

En dejlig steg

Nu smøres
benene ind.
Langsomt.
Langsomt
med følsomme hænder.

Lårene.
Langsomt.
Langsomt.

Ligger nu der
ganske nøgen
i varmen.

Bliver dejlig brun.

En lækker steg.
Delikat.
Lige til at spise!

Og det bliver den så.

Hvorfor

Hvorfor spise fisk
der er fyldt med plastik?

Hvorfor spise grønt
der er fyldt med pesticider?

Hvorfor spise svinekød
der er fyldt med antibiotika?

Hvorfor spise bøffer
når køerne forurener med prutter?

Hvorfor drikke mindre end 21
genstande om ugen?

Hvorfor spise tun
der er fyldt med kviksølv?

Hvorfor spise brød
der er fyldt med gluten?

Hvorfor spise piller
der har masser af bivirkninger?

Sagen er nok den
at jeg har spist alle hvorfor'er!

Spis

Spis
strandkål,
gule myrer
og blæretang.

Spis
mælkebøtter,
bænkebiddere
og skovsvampe.

Spis
brændenælder.
melorme
og skovsyre.

Spis
vildskud.
tanglopper
og regnbuer.

Spis
sol over Gudhjem.
luftfrikadeller
og stjerneskud.

Spis
naturen
solen
og stjernerne.

Arven

Tvangsarv
på 25%.
Resten må jeg selv
bestemme over
i testamentet.

Kattens værn
skal ikke have dem
for jeg har allergi
mod katte.
Jeg har også allergi
mod Frelsens Hær
og Folkekirkens Nødhjælp.

Nu har jeg fundet
en løsning.
Min revisor siger
at jeg bare
skal bruge pengene.

Så nu skal jeg
æde og drikke
mig stor og fed.
Og rejse
ad helvede til.
For jeg er ingen gnier.

Spildtid

Så så

Det siges
at de syge har brug for et nap.
Så
tryk på flaskeautomatens Røde Kors knap.

Det siges
at de fattige har trange kår.
Så
de kan ikke komme på ferie i år.

Det siges
at muslimer har brug for at tro.
Så
det gør de uden sandaler og sko.

Det siges
at politikere kan forføre folk.
Så
derfor får de døve en gratis tolk.

Det siges
at de rige kan klare sig selv.
Så
de kan ryge og rejse uden gæld!

Det siges
at jeg vil tale for min syge moster.
Så
længe mit stemmebånd ikke ruster.

Hjælp

Jeg gik en tur på Strøget.
Der sad flere hjemløse.
Det måtte de være
med deres papkasser
og deres grej.

Jeg lagde 100 kr
i en kasket
for at hjælpe
den unge mand på fode.

Han takkede og bukkede
men blev dog siddende
sådan lidt hensunket
og hjælpeløs.
Staklen.

Nu kunne han vel komme videre!

Da jeg kom tilbage
sad han med en næsten tom
flaske vodka
og rakte den op imod mig.
Jeg takkede nej
og gik videre i egne tanker.

Så var det jeg besluttede
at fremover
ville jeg i stedet
hjælpe de nødstedte børn
i Børnebyerne.

- MIN PAKKASSE ER FRA IKEA !

- FULGTE DER EN BRUGSANVISNING MED ?

- HVAD ER I KEDE AF ?

Stop

Stop! Hallo!
Du der
med burka.
Du betale
1.000 kroner
basta
eller straks
tage burka af.

Og gør du det
igen
igen
Du komme i fængsel.

Stop!
Hallo!
Du der
med niqab.
Du også komme i fængsel
og kigge ud af et hul
der ik' større
end den du nu kik ud af.

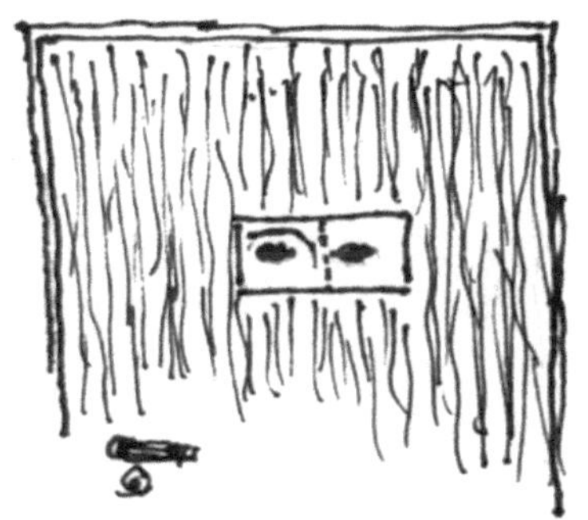

Og hvis du ikke ta
burka af
i brumme
du blive i solation
i Danemarka.
Du forstå?

Stop! Hallo!

Vikinger

For at handle med romerne
skulle vikingerne være kristne.
Efter et hurtigt rådsmøde
var der enighed,
siges der.

Hvad pokker - en gud fra el
kan vel ikke skade.
Og så blev der handlet,

Andre vikinger
skulle først lige hærge igennem
et par hundrede år.
Plyndre Paris og den slags,
siges der.

Valhal tiltrak de vikinger
der døde ærefuldt i kamp.
800 krigere kunne der komme
ud af hver port på en gang
Her var der 540 porte.
I Paradis var der kun én port,
siges der.

Taget i Valhal
var dækket af gyldne skjolde
og væggene var gjort af spydskafter.
Hver dag blev der trænet
til kamp mod jætterne.
De døde blev genoplivet,
spiste spydstegt flæsk og drak mjød,
siges der.

I det røvkedelige Paradis
måtte man ikke engang
spise æbler
og skulle passe på slanger,
Og så skulle man endda
vaskes grundigt af en mand
for at komme ind.
Og så skulle man høre
på englesang og harper,
siges der.

Næh, så var en trubadur
da at foretrække
for når man var træt af en skjald,
kunne man bare binde ham til et træ
mens de der engle fløj rundt
med deres vinger
og næsen i sky
og var umulige at fange,
siges der.

Og så man nøjere efter,
så fik man én Gud
med en glorie på hovedet.
Thor havde dog en hammer
der kunne lyne og tordne,
mens Odin red på sin ottebenede hest
med spyd i hånd og ravne på skulderen,
siges der.

Så kom ikke her ...

En værre rotterede

Canadiske undersøgelser viser:

2 rotter kan blive til 800 rotter
på ét år.

Året efter bliver de
så til 320.000 rotter.

Efter tre år er der så
128.000.000 rotter.

Og efter fire år
er de 2 rotter blevet til
51,2 milliarder rotter!

Har jeg regnet forkert?

2 bliver til 800
400 bliver til 320.000
160.000 bliver til 128 millioner
64 millioner bliver til 51,2 milliarder
Regn selv efter.

Af det kan man lære
at ingen mennesker
formerer sig som rotter.

- DU HAR PLIGT TIL AT ANMELDE ROTTER,
- JEG KENDER DA ET PAR STYKKER.
- DE KAN KOMME IGENNEM ET HUL PÅ STØRRELSE MED EN 50-ØRE!
- NÅH, SÅ ...

Frygt frygten

Hvorfor frygte
at maskinerne en dag tager over.
Det gør de jo allerede.
Tag blot skat som eksempel.

Hvorfor frygte
at ledere en dag går amok.
Det gør de jo allerede.
Tag blot Trump som eksempel.

Hvorfor frygte
at klimaet går amok.
Det gør den jo allerede.
Tag blot denne sommer som eksempel.

Hvorfor frygte
at kvinderne tager magten.
Den har de jo allerede.
Tag blot de mange skilsmisser som eksempel.

Hvorfor frygte
at Danmark går amok.
Det gør vi jo ganske vist.
Tag blot at vi vinder VM som eksempel.

Hvorfor frygte
at frygten går amok.
Det gør den jo allerede.
Tag blot dette digt som eksempel.

#mænd

Jeg synes
at vi #mænd skal hjælpe hinanden.
Det er for dårligt
at nogen af os ikke kan styre os.

Brok

Vi har en brokkekultur
i Danmark.
Og det vil jeg gerne
brokke mig over.

Vand

Jeg synes
at alle skal drikke rent vand.
Det er for dårligt
at nogen skal have ondt i maven.

Sult

Jeg synes
vi skal afskaffe al fattigdom.
Det er for dårligt
at nogen skal gå sultne i seng.

- ÉT LILLE SKRIDT FOR MIG.
ÉT STORT SKRIDT FOR
MENNESKEHEDEN.
OG SÅ SKULLE JEG HILSE
FRA SVIGERMOR.

Pas på - hunden skider

Må man

hugge brænde
stjæle et øjeblik
åbne en dåse med vold
vride sine hænder
sno sig som en ål
tage røven på én
give et hvæs

male byen rød
tage benene på nakken
skære ansigt
komme grus i maskineriet
knække fingre
hvile i sig selv
holde gode miner til slet spil

skyde genvej
hoppe i sin egen sø
tabe næse og mund
grave sin egen grav
græde over spildt mælk
sladre om andre
slå sig på flasken

tage en anden ved næsen
slå det fast med 7-tommer søm
sige 7-9-13
dø af grin
tage gas på hinanden
stoppe mens legen er god

Frihed

Jeg har min frihed
til at bo hvor jeg vil.

Har ikke lige råd til
at købe hus
eller en ejerlejlighed
eller en andelsbolig.
Forældrekøb
kan ikke komme på tale.
Kender ikke nogen,
der kender nogen.
Jeg må klare mig selv.

Er skrevet op
i boliganvisningen
De spørger
om jeg er gift
og har børn.
For ellers må jeg vente.

Så nu venter jeg
og sætter tæring efter næring.
Rom blev jo ikke drukket på én dag.

Og der er nu også meget rart her
i mit lille kælderværelse.

Jeg må aldrig glemme
at jeg trods alt
har min frihed.

Overvåget frihed

Jeg ved det godt!
Bevægelserne på min bankkonto.
brugen af Dankort,
alt hvad jeg køber,
hvor og hvor meget
kan ses på en computer.
Min lægejournal,
enhver lovovertrædelse,
hvor jeg flyver hen,
hvor jeg køber benzin,
min løn,
min kone,
mine informationer
på facebook
og mine venner.
Alt alt alt alt
er registreret
og kan sammenkøres,
bruges og misbruges
til overvågning.

Ying
blev i telefonen opfordret
til at sørge for
at Yang
betalte sin parkeringsbøde
da han ringede til ham
for at spørge om de skulle
spille tennis.
Opkaldet blev registreret.
Yin og Yan
i ubalance.

Fjendebilleder

Magthaverne
bruger fjendebilleder
for at styrke magten.
Så er det jøderne.
Så er det diktatorerne.
Så er det muslimerne.
Så er det terroristerne.

Det går så hårdt for sig
at de bliver jagtet
og slået ihjel.

Jeg har rigeligt at gøre
med mine egne fjender,
mine dæmoner.
Så er det præstationsangst.
Så er det lavt selvværd.
Så er det stress.
Så er det for højt blodtryk.
Så er det klaustrofobi.
Så er det allergi.

Det går så hårdt for sig
at de bliver jagtet
og slået ihjel.

Hero

Jeg vinder for klanen i
Counter-strike
"Yes ... I am a hero!"
Læser
Superman
Batman
og
Hulk.
Ser
Wonderwoman
Lara Croft
Star Wars
Black Panther i 3D.
Læser
Harry Potter
og Lucky Luke.
Drømmer om
at redde verden
og menneskeheden.
Hvor skal jeg starte?
Jeg protesterer
og kæmper imod
overgreb og autoriteter.
Ryger og drikker
ad helvede til
med vennerne.
Men det fører ligesom
ingen steder.
Så nu er vi
gået over til heroin.
"Yes ... I am a hero!"

Muren

Jeg har bygget en mur
omkring mig
af beton.
Der er pigtrådsspærring
på toppen.
Muren er oplyst.
Jeg har installeret
varmefølsomme kameraer
overalt.
Rundt om mig
har jeg opsat fælder.
En drone
med kamera
holder klar
til at gå i vejret.
End ikke en mus
vil kunne komme ind.
Jeg er i sikkerhed
for naboer
tyve, terrorister
og Jehovas vidner.
Ingen, absolut ingen
som jeg ikke har godken
og certificeret
kan komme ind
og forstyrre mig.

Lige nu
har jeg kun ét problem.
Hvordan kommer jeg ud?

Bank under bordet

Danske Bank
passer på mine penge
så jeg kan betale
med Visakort
og Mobile Pay.

Seychellerne,
Abu Dhabu i Dubai,
Panama og
Jomfruøerne
passer på de riges penge
i skattely.

Skuffeselskaber
skuffer skat og
pisser på dem der kan trænge
fy fy og føj og fy

Bankerne
blæser på
love og regler.
Hjælp til hvidvask
tåler ikke dagens lys.

Bank under bordet.
Fatter ikke en rød reje.
Alt sker tys-tys.

Min bank,
danskernes bank,
skal have bank!

Energi

Jeg ser det straks og er vaks:
Energien mangler et slogan,
et bæredygtigt et af en slags.
Jeg tænker de her kan gå an:

Et oliefyr ... det larmer
Grøn energi ... det varmer

Når en sild vugger med barmen
gør grøn energi dig vild i varmen

Når du bruger olie og kul
får ozonlaget et kulsort hul

Det er ikke ud i det blå
at vindenergi er grøn

Grøn energi er ikke varm luft

Når energien er sort
går verden bort

Kul og olie forsvind
Brug solenergi og vind

Nej nej nej
Ingen kul og olie på vej

Sig til din søn
Energi er grøn

Grøn energi er helt i orden
Den bevarer nemlig jorden

44

Sov godt

Ingen regn
i tre måneder.
Græsset er gult,
planterne og
landmanden lider.
Ild er forbudt.

Hedebølge
og tropenætter.
Sidder i undertøj.
Drikker vand,
øl og Cola.
Anklerne hæver.
Åndedrættet er tungt
i hele Europa.
Noget er gået galt.

Skovbrande i Sverige
og Grækenland.
80 er ofret
til solguden Ra.

Hvad kan jeg gøre?
Hvad kan vi gøre?
Det her er ikke normalt.
Søvnen melder sig.
Ikke dyne men lagen.
Vi ved det godt.
Jeg lukker øjnene.
Sov godt.
Tak i lige måde.

Opråb

Bannerførere,
pinger og
socialnassere.
Pædagoger,
politikere og
kapitalister.

Nedrustning,
nulløsning
og oprustning.

Krisen er i krise.
Ingen tror på andre.
Ingen tror på sig selv.

Idealisterne tror på ideerne.
De nålestribede tror på striberne.
De troende tror på gud.

Slumstormerne stormer slum.
Pingerne pinger pinger.
Nasserne nasser penge.

Gode råd er dyre.
Jeg åbner en øl
med samfundshjælperen.

Ferie...tid

- SKAL VI SLÅ PLAT
  OG KRONE ?
- OK. HVEM VANDT SÅ ?
- DEN FORSVANDT !

Duften af kostald

Omkring mig
står cementblokkene
skulder ved skulder
og passer på tomme biler.

Solen kan ikke smuldre det grå.
Solen forstærker kun.
Jeg lukker øjnene
og i røde pletters flimmer
danser fjerne minder frem.

Varm luft
og farvers klare poesi.
En duft af frihed.
Gule sennepsmarker.
Byggen der kryber op
mellem den bare krop og blusen.
Hønen der farer af sted uden hoved.
Min første ridetur
på den lysebrune nordbakker.
Smagen af blåbær og Vesterhavet.
Gemmesteder i kornneg.
Lugten af kostald.
Smagen af varm komælk.
Svalernes behændige flyvetur
med mad til deres unger
udenfor kattenes rækkevidde
helt oppe under loftet.

Mit feriested hos min tante og onkel.
En duft af længsel.

Hvorfor

Mor, hvorfor flytter skyen sig?
Jamen den er vel sky!
Hvorfor vokser træer op
når regn falder ned?
Jamen det er fordi de ikke har lært
hvad der er op
og hvad der er ned!
Hvorfor har et rådyr fire ben?
Jamen det er fordi
den så kan løbe dobbelt så hurtigt som dig.
Hvorfor er træerne grønne?
Jamen det er fordi de er unge!
Hvordan er anemonerne kommet her?
Jamen de er gået ud!

Jeg er sulten mor!
Hvorfor bliver du sulten?
Fordi min mave er tom!
Hvad vil du have og spise?
Franskbrød med syltetøj?
Hvorfor spiser du tøj?
Mor, du spørger og spørger,
så mine ører falder af.

At tænke sig

Ligger på liggestolen
på Kleopatras strand.

Og tænker på
hvor lidt tøj
der skal fjernes
for at kvinderne er
NØGNE.

Og tænker på
hvor meget fedt
der skal fjernes
før kvinderne
vil ligne Kleopatra.

Og tænker på
hvorfor hende
den alt for store
netop har bedt om en is.

Og tænker på
at lægge mig helt ud
i strandkanten
og se ud over havet
så jeg er fri for at tænke.

Om at beslutte sig

Jeg havde ligget på liggestolen
og solet mig
i over to timer.
Der var 25 grader
og vindstille.
Sveden drev af mig.
Det var nu jeg besluttede
at gå i vandet.

20 minutter senere
stod jeg i vandkanten
og betragtede det smukke klare
og lod mig afkøle.

20 minutter senere
tog jeg mig sammen
og gik ud i vandet.

20 minutter senere
dykkede jeg ned.

20 minutter senere
lå jeg igen i liggestolen.

To minutter senere
bestilte jeg en øl.

Og så var det at jeg opdagede
at jeg indtil da
havde været længe om at beslutte mig.
Men det kommer måske
med alderen.

Tamam

Jeg har set folklore og mavedans.
Jeg har set snooker og fodbold
i fjernsynet.
Jeg har taget bustur
til ruiner og vandfald.
Så jeg har oplevet en masse.

Jeg har købt modetøj
og et fancy ur.
Jeg kan sige
günaydin og evet,
tamam og hamam.
Så jeg har oplevet en masse.

Jeg har set havnen
og det røde tårn
Jeg har spist fisk
og osmannik kebab.
Og jeg har flirtet
med pigen i receptionen.
Så jeg har oplevet en masse.

Og hvis ikke du tror det
Så se lige her
Jeg har det på iPhone
og også på facebook.
Så kom ikke her
for nu ved jeg alt om Tyrkiet.

Air condition

Syriske flygtninge
bor i flygtningelejre.
Deres hjem
er bombet sønder og sammen
af interessekonflikter.

Det hele foregår
kun to flytimer
fra min liggestol
her på Sunprime Alanya Beach
hvor solen skinner
og Middelhavet skyller
blidt mod Kleopatrastranden.
Her hvor kroppen
er smurt ind i faktor 30
og væskebalancen holdes fit
med iskolde Efes
i duggede glas.
Her hvor all inclusive
og air condition
har en særlig betydning
og livet leves
i en *safety box*.

Om at vælge

Pludselig stod jeg der
med fødderne i Middelhavet
alene
da det gik op for mig
at valget var mit
at alt hvad jeg foretog mig
ALT var mit valg
MIT valg
alene
Og sådan havde det altid været.

Men tidligere har jeg bare levet
inden for rammerne
af muligheder.
Truffet beslutninger
som en selvfølge.

Ethvert skridt
er *mit* valg.
Det forstod jeg lige pludselig.
Mit ansvar!
Skal jeg fortsætte?
Skal jeg lade være?
Hvad vil jeg?
Hvad giver mest mening?

Men ingen af de næste skridt
jeg kunne vælge imellem
gav mere mening
end de andre.
Og så var det jeg gled
på den glatte sten
jeg havde stået på.

Ferie

Cikaderne
overdøver min tinnitus
her på Korfu.
I all inclusive
går 1001 mennesker
behændigt rundt mellem hinanden
og letter på lågene
til den store buffet.
Øjne og næse vælger.
Fornuften sættes på stand by
en uge.
Den blå pool
er godt nok blå
og synes at glide direkte
ud i havets grønblå
og videre ud i horisontens mørkeblå.
hvor de slørede grønklædte bjerge
og de gråblå bjergtoppe
er en fryd for øjet op mod
den skyfri lysblå himmel.
Flot design.
Humøret er højt,
for ferie og blåt
er godt for sjælen.
Snart har jeg fået D-vitaminer nok
og jeg er brun
bag solfaktor 30.
Ligger på mit orange håndklæde
på den falmede grå liggestol
lidt endnu med en ouzo.
For her er der forbudt
for børn under 18 ... jamas.

Solnedgang

Solen har sin gang
Men at den går ned
er nok lidt overdrevent.
Alligevel nyder jeg
hernede på Tenerife
at se solnedgangen
hver aften fra terrassen
der ligger på bjergskråningen
op mod Los Gigantes
som rigtignok er gigant
med sine 600 meter direkte op.
Nå men solen går ned
og brandyen begynder
at gløde rødt
selv om den er billig
og hedder Napoleon.
Formatet er panorama
hvor solen har sin gang
og er ved at forsvinde
bag øen La Gomera.
Havet bliver mørkere.
Sorte drivskyer skaber drama.
Sorte fugle trækker hjem.
En orange fatamorganasø dukker op
en helt ny måne åbner en sprække
i den dybblå himmel.
Solen går sin gang
og er nu forsvundet
sammen med Napoleon.
Lidt gangbesværet
rejser jeg mig
og rækker ud.

Fugle trækker

Fuglene trækker i vinden
Nu vil de hjem
de sorte pletter.
Målrettede vingeslag
kæmper mod vinden.
Hjem
for at lukke munden
på de næbbede unger.
Hjem
til den lune rede
med øjne
der lukker natten ind

Jeg lukker døren
for trækvinden.
Trækker i nattøjet
og finder mig til rette
i min uredte seng.

Uendelighed

Jeg ser
en gammel mand i blåsort
med månen som øje.

Et stjerneskud nej flere
får mig til at trække vejret let.

Et rutefly summer sydpå
og trækker ferieminder frem.

Natten er lun og stille
og jeg rækker glasset op mod flyet.

Drikker en tår af rødvinen
med lukkede øjne et øjeblik.

Jeg ser
at den gamle mand i blåsort
er blevet til blå bjerge.

Bag månen og de blå bjerge
dukker uendeligheden op.

Lige pludselig bliver uendeligheden
uendelig uendelig ...

Så tør jeg ikke mere
tænke uendeligheden til ende!

- JEG SYNES, AT DE DUMME
ER SÅ SIKRE PÅ ALTING,
OG DE KLOGE ER ALTID
I TVIVL.
ER DU ALDRIG I TVIVL?

- OM HVAD?

Ulvetid

- HVOR MANGE SKRIDT
GIK DU SÅ?
- SHIT. JEG GLEMTE MIN
SKRIDTTÆLLER..

Tvivl

At tvivle er en menneskeret.
Ikke en af de retter man spiser;
men en ret man har
og som jeg prøver at slippe af med.

Tvivlrådighed
er et ord jeg har
men aldrig bruger
og derfor egentlig ikke
har til rådighed alligevel.

Tvivlsomt derimod er et ord
jeg godt kan finde på at bruge
uden tvivl.

Utvivlsomt bruger jeg meget sjældent.
Men et er sikkert
jeg kan blive fortvivlet
når jeg er i tvivl.

Mon det stammer fra tysk
zwei fehl?

Nulstil

Jeg er ude af bALanCE
Lidt n
     ede
Det vil vare noget ⏰ tid
... desværre ...
           op
Inden jeg kommer   igen.
Stativ stakit kasket.
Bank _____ bordet.
    under
Stavgang og yoga.
Hypnoterapi og sovepille.
Dybe vejtrækninger.
Tænker *positivt*.
Værdsætter mig selv
fuldstændig som jeg er.
For det er mine egne tanker
der bestemmer
hvordan jeg har det
i både krop og sind.
Jeg er god nok.
Jeg er god nok.
Dag efter dag
får jeg det bedre
på enhver måde.
Tilgiver mig selv.
Tilgiver alle andre.
Tilgiver
for at få fred
og blive zzz   zzz
       zzz
NULstillet

Gulvet der forsvandt

Jeg fremstammer pludselig:
*Det er som om gulvet
åbner sig under mig
truer med at sluge mig.
Mit hjerte slår helt vildt.*

Han siger:
*Du sidder jo bare der
på en stol.*

Jeg stønner:
Er jeg ved at blive sindssyg?

Han siger:
*Du må drikke noget vand
eller sådan noget -
skal jeg hente det?*

Jeg fremstammer:
*Jeg er svimmel.
Det prikker og dunker.
Jeg kan ikke få luft.
Jeg er enormt bange.*

Han siger bestemt:
*Luk øjnene.
Træk vejret dybt ind.*

Jeg sukker:
*For helvede da.
Hvem er jeg?*

Ilden

I mit indre hersker uro.
I mit ydre hersker tavshed.
Jeg er en flamme.
Vild og urolig flakkende.
Ganske langsomt
brænder jeg mig selv op
indefra.
Engang spredte jeg varme.
Min flammes ild smittede.
Jeg forstod noget
uden for mig selv,
livet omkring mig,
naturens skønhed.
Nu ser jeg brandtomten,
ensomheden
og vrangsiden.
Ilden er blevet ond,
selvfortærende,
ødelæggende.
Angsten.
Mit indestængte råb om hjælp.
Det var farligt at lege med ilden
på grund af tørken.
Den blussede op
og er ikke til at slukke.
Min fejl.
Mit ansvar.
Skulle have lyttet.

Går den så går den

Går
Traver
Vandrer
Går i gang
Gang i den
Hundetravlt
Go for it
Angår
Indgår

Trasker
Danderer
Dasker
Går på line
Går tur med hunden
Går for vidt
Går i fisk
Går i selvsving
Undgår
Afgår

Går konkurs
Går neden om og hjem
Går fra snøvsen
Går i stå
Går glip af
Går i hundene
Går i glemmebogen
Går i sin grav
Fragår
Udgår

Gode råd

Se op
Se frem
Gå langsomt
Gå i stå
Vær dig selv
Vær kreativ
Vær åben
Spild tiden
Spild mælk
Stop op
Stop racet
Oplev naturen
Oplev nuet
Spis skyr
Spis grønt
Sluk mobilen
Sluk tv'et
Sluk forventningerne
Læg dig ned
Læg kabale
Mærk mig
Mærk verden
Mærk efter
Få venner
Få fred

At være
eller lade være.

For tid koster jo penge
og gode råd er jo dyre.

68

Ansvar

Kan det svare sig at have et ansvar
som man kan løbe fra?

Er det godt at være ansvarsløs?

Er det rart at være ansvarsfri?

At være ansvarlig lyder alvorligt.

At være ansvarsfuld lyder underligt.

Ansvar er noget man tager på sig
og det kan være tungt at bære.

Åh det er sandt
jeg har ondt i ryggen,
så jeg må hellere springe over
hvor gærdet er lavest.

Ganske enkelt

Jeg er en simpel mand
der gerne lever enkelt.
Men det er ikke enkelt
at leve simpelt.

Jeg har penge nok
men kan lide
at leve billigt.
Er der en vare på udsalg
eller bare nedsat
så tager jeg den i øjesyn.
Varen med madspild
skal lige ses efter.
Men den der med
køb to med rabat
holder jeg mig fra.
Faktisk synes jeg
det er uforskammet
da jeg ikke har brug for to
og fryseren er fyldt op
fordi jeg altid glemmer
at jeg havde købt to.
Værre er det
når jeg kan få tre for to.
"Make it simple!"
er mit motto.
Simpelthen -
i al enkelthed.

Jeg

Det er i mig alting foregår.

Jeg er beslutningen,
kærligheden og livet.

Jeg er freden og krigen.
Jeg er den politikerne slås om.

Jeg er ondskab og glæde,
vildskab og besindighed.

Jeg er den der påvirkes.
Jeg er den der påvirker.

Alle har vi et jeg
som vi kan snakke om,
undres over
og rode med.

I dag opdagede jeg
at mit jeg er i fare
for det er en kunst at leve.

Kære brudepar

Så er det alvor og ganske vist.
Beslutningen har taget sin form.
For kærligheden har slået gnist
og taget jer begge med storm.

Her står vi så begge ... far og mor
og endnu engang kan undre os over
at du ikke længere hos os bor
men nu hos en anden sover.

To familier skal smedes sammen
og det er for os en oprigtig glæde.
Vi ved det vil ske i fryd og gammen
og at lykken er fuldt ud til stede.

Når I om føje år går hver til sit
så husk I har elsket hinanden.
Tænk ikke så meget på dit og mit
for så er børnene på spanden.

Når det jordiske gods skal deles
så gør det som gode venner.
For I har begge sår der skal heles
og børn som jer begge kender.

Dagen i dag vil vi alle huske
og gemme som et dejligt minde.
Hinanden må I gerne duske
gid eros og tro I for altid vil finde.

L i v s t i d

Skat

Er arbejderklassen i dag
mon skolelærere
ekspedienter
sygeplejersker
buschauffører
- alle dem på fast hyre
og som skattefar kan styre?

Er middelklassen i dag
mon tømrere
vvs'ere
murere
elektrikere
- alle dem på akkord
og som kan arbejde sort?

Er overklassen i dag
mon direktører
entreprenører
restauratører
folkeforførere
- alle dem med egne fradrag
og som har skattely i Panama?

Måske er det passé i dag
at tænke i penge og klasser
for lykke er en anden sag
og ikke for dem der på andre nasser.

Hængerøv

Jeg tager til eftersyn
en gang om året.

Karrosseriet
skal have et tjek.

Undervognen
skal ses efter.

Den kører ikke rigtigt
som den skal,
siger hun.

Måske skal den smøres.
Måske presser jeg for hårdt.

Lidt rusten er den vel blevet
af de mange kilometer,
indrømmer jeg

Lidt sej i optrækket.
Den er jo ikke helt ny
godt oppe i årene,
supplerer hun.

Ja, der er nok ved at
gå hængerøv i kedeldragten.

- DET ER ALDEREN
DER TRYKKER

- NEJ DET ER EN
LIGTORN

- DET ER JO DET
JEG SIGER

Kilden

Jeg søger
uophørligt
mod troen
indeni.
En tro
som aldrig hører op.
En tro
som ikke er gudfrygtig.
En tro på mig selv.

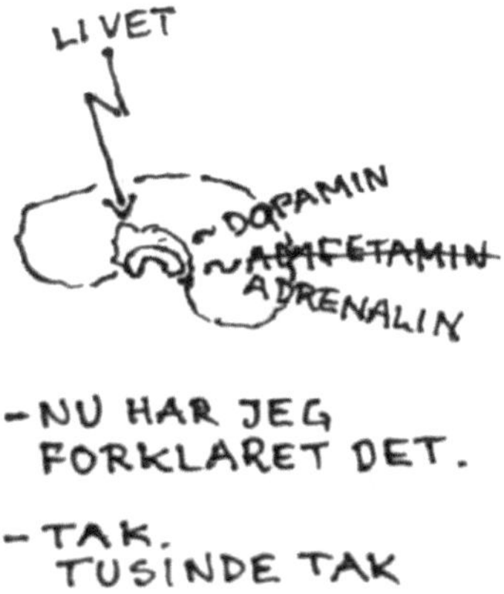

Jeg higer
konstant
efter noget dybt
indeni.
Noget nuanceret.
En kilde
til kreative indfald
og kærlig varme.
Jeg ser.
Jeg hører.
Jeg føler.
Og når mine sanser
rammer kilden
mærker jeg et sus
af glæde og liv,
opløftethed
og virkelyst.

For så er det jeg opdager
at jeg tror på mig selv.

Bortset

Jeg prøver at erkende min alder.
Også selv om jeg hvert år
nødtvungent
bliver et år ældre
har jeg den alder
jeg har.
Bortset fra det
har jeg det skam meget godt.

Det kom godt nok
bag på mig
at kindtanden faldt ud.
Nåh ja, og broen knækkede.
Mine nye knæ
fungerer udmærket.
Og pacemakeren
virker upåklageligt.
Bortset fra det
har jeg det skam meget godt.

Jeg tager et smut til Alanya
for at undgå birkepollen.
Her er Viagra billigere.
Her kan jeg få mig
et skud D-vitaminer
og skal kun huske
at tage mine piller
mod forhøjet blodtryk.
Bortset fra det
har jeg det skam meget godt.

Alderen trykker

Det knirker og knager
i begge knæ.
Ryggen er blevet stiv
og maven rund,
så det kniber med
at få strømperne på.
Og jeg er glad for
mit skohorn.

Jeg er blevet
lidt kuldskær,
måske også lidt sær.
Min hørelse
skal forstærkes
og brillerne trænger til
at pudses især.

Min potens
er på retur.
Men jeg klarer mig selv
og går gerne en tur.
Nu her forleden
gik hun smuk forbi mig ...
Jeg blev stiv i nakken
og ikke for neden.

I tilfælde af

Har hørt om én
der faldt om på badeværelset
og ikke kunne bevæge sig.
Lå der i flere dage
med brækket hofte
og en brækket arm.
Et skrækscenarie.

Derfor tager jeg nu
mobilen med mig
ud på badeværelset.

Men hvis der nu bliver strømsvigt?
Sørger for at mobilen altid er opladet.

Men hvis den nu går i stykker i faldet?
Har fundet et sikkert sted
inden for rækkevidde
på en skammel.

Men hvis du brækker begge arme?
Har lagt tandstikkere klar
så jeg kan bruge dem med munden.

Men hjælpen kan jo ikke komme ind?
Nøglen ligger under dørmåtten.
Så nu er jeg helt tryg.

Handicap

Alder har sit eget liv.

Jeg camouflerer det
med botox og plastik.

Tænderne knækker
men en bro er på vej
så jeg igen
kan tygge og smile
og undgå at erkende
at tiden går.

Gigten mærkes
i knæ og hånd
men jeg spiller tennis
og undrer mig
når miss Sunshine taber.
Hun kunne jo bare …

Og nu spiller jeg golf
hvor det er tilladt
at have et handicap.
Mit er på sølle 36
- nåh ja 56.

- HAR DU IKKE ET
HANDICAP?
- NEJ, DET ER EN
HONDA.
- DET ER JO DET
JEG MENER!

Jeg er på

”Jeg er op i årene
men stadig ung af sind.”

  ”Ja, og du klæder dig stadig
  som en teenager.”

”Lidt gigt har jeg godt nok
i fingre og knæ.”

  ”Ja, og dine onlinere
  står ubrugt i gangen.”

”Jeg er ung med de unge
og hygger mig fint.”

  ”Ja, og din musiksmag
  er stadig Elvis Presley.”

”Jeg er på facebook,
har iPhone og iPad.”

  ”Ja, og nu er du på den.
  Dine oldebørn står i entreen.”

-ENS ALDER ER
BARE ET TAL

- MIT ER NUL SEX

En hastesag

Døden har altid en årsag,
siges der.
Årsagen er at vi alle skal dø,
siger jeg.

Jeg forsøger at trække tiden
at krybe udenom
så længe som muligt.

Der er forskellige måder at dø på.
Jeg ønsker at sove stille ind
mens jeg endnu kan gå
og selv tørre mig i røven.

Og så vil jeg
glæde mig til at køre
over den nye Kattegatbro
i min 4-hjulstrækker
og besøge min veninde i Århus.

Så se for helvede
at få den bro færdig
inden jeg fylder hundrede år.
Det haster, tak.

Ramt af livet

Ensomhed.
Træthed.
Lavt selvværd.
Søvnbesvær.
Ængstelse.
Nedtrykthed.

Ramt af forventninger
til kompetencer
til udseende
til flid
til udfordringer
til loyalitet
til selvforståelse

Ramt af lynet
i frit fald.
Kræver lægehjælp.
Kræver piller.
Kræver ændringer.
Kræver omstilling.

Me too!

Hvem er jeg?
Hvem griber mig?
Hvem hjælper mig?
Hvem?

Om at skabe sig

Perfekthedskultur.
Selviscenesættelse.
Jeg er hvad jeg kan.
Det jeg kan er mit selvværd.
Jeg er mine præstationer.
Jeg er mine sejre.
De er min lykke.

Dem vil jeg fortælle om
når jeg bliver gammel
og se tilbage på
med stolthed.

På den anden side.

Jeg ved at jeg kan fejle
som alle andre.
Ind imellem foretager jeg mig ting
hvor jeg glemmer mig selv:
leger, synger, danser.
Den jeg er
er mit selvværd.
Jeg er mine relationer.
Jeg er forpligtet.
Jeg er lykkelig.

Når jeg bliver gammel
vil jeg hygge mig med min familie,
mine venner.
Skabe mig ...

Endelig

Min fødsel og min død
vil jeg ikke tage ansvaret for.
Det er det der ligger imellem
der er interessant for mig.

Nysgerrighed
er drivkraften.
Fordybelse
skaber meningen.

Opdage mig selv,
de andre
og verden

Udfolde evner
og kunnen,
svagheder
og styrker.

Opleve
forelskelse,
kærlighed
og
børnebørn.

- JEG DØR ALDRIG
- DET ER GODT MED DIG
- SKAL VI VÆDDE ?

-NEJ SVIGERMOR. DET VAR IKKE
NOGET JEG FANDT PÅ.
- GIDER DU SÅ IKKE TAGE NOGET
GRØN OST MED TIL KAFFEN ?

Kursen er sat

Postvæsenet
er et spejl i tiden.
Ligesom min mave.

Forskellen er
at min mave bliver større
og større.

Ingen julekort med posten
Ingen gækkebreve
og papirknive.

E-mails og E-boks
overtager nostalgien
og den røde postfrakke.

Frimærker
mønter og
brændeovne
er ikke længere i kurs.

For kursen
er droner
og biler
uden gearstang og rat.

Overtaget

Fortællinger
er et levn fra fortiden,
ligesom eventyret
og de små ællinger.

Nu er det nemlig twitter
som går hen og hitter.

Håndskrift
er helt overflødig,
ligesom postkasser
og julemærker.

Nu er det nemlig Siri
som ordner al skriveri.

Afspillere
kan du roligt afskaffe,
ligesom walkman
og gamle telefoner.

Nu er det nemlig alt
som downloades digitalt

Kærlighed
kan man roligt afskaffe,
ligesom parforhold
og det der "for evigt".

Nu er det nemlig dating
som overtager alting.

90

Børnelærdom

Du lærte
om vikinger,
Gorm den Gamle
og jernalderen.
Om Cæsar,
Napoleon
og Hitler.
Om ligninger
og lignelser,
om plus
og minus
Om fortiden
dengang og før.

Nu lærer du
om videnskab,
kloning af får
og programmering.
Om google,
twitter
og apps.
Om droner,
førerløse biler
og rumrejser.
Om almen dannelse,
kompetencer,
logistik
og innovation.
Om fremtiden
der står til du dør.

Fremtid

Danmarks nye position
tager form.
Uddannelserne
er fremtidsorienteret.
Søren og Mette får ikke
al mulig fortidslort
proppet ind
i deres hoveder.

Den nye teknologi
undersøges,
bruges og integreres
i forhold til
Søren og Mettes
individuelle
fysiske og psykiske
potentialer.

Nutidens viden
erobres.
Den mulige fremtid
Søren og Mette skal leve i
gøres synlig
og tilgængelig.

Søren og Mettes fremtid
handler ikke om
at få kørekort.

Frem for tiden

Hvis vi ikke
lærer af historien
risikerer vi at gentage den,
siger den bagkloge.

Kleopatra er blevet en strand.
Napoleon er blevet en kage.
Hitlers overskæg er umoderne.
Trump er blevet præsident.
Italien har fået Berlusconi.
England er gået Brexit.
Grønland er blevet grøn.
Danmark har fået ulve.

Livet leves forlæns
men forstås baglæns,
siger den kloge.

Tiderne skifter
siger jeg.
Fortiden er ikke
hvad den har været.
Fremtiden er ikke
hvad den har været.
Nutiden stresser.

Jeg ved ikke længere,
hvor jeg kommer fra
og hvor jeg skal hen.

Et rent Danmark

Strandteams sørger for
at alle kyststrækninger
er rene for plastik.

Skovteams sørger for
at alt der ikke er natur
kommer de rette steder hen.

Cityteams sørger for
at veje og fortove i byer
er renset for ragelse.

Danmarks befolkning
er blevet aktiveret
og forstår budskabet.

Affald sorteres med omhu.
Et rent Danmark er blevet
en national stolthed.

Jeg gør mit bedste.

Jeg ved dog ikke lige
om min tabte tand
skal i plastik
eller blot i restaffald.

-DER ER NOGEN
DER HAR TABT
EN SOFA PÅ
MOTORVEJEN !

- VAR DET EN
3-PERSONERS?

I position

Danmark har længe
haft tilladelse
til at indtage en særlig
rolle i NATO.
Dansk militær er nedlagt.
Forsvarsbudgettet er i stedet
blevet brugt til
fredsbevarende initiativer
i samarbejde med NATO.

Netop nu
sidder Rusland og USA
ved forhandlingsbordet.
Et specialuddannet dansk ekspertteam
har skitseret et oplæg
til afspænding mellem de to stormagter.
Oplægget er spået gode chancer.

Netop nu
kører lastbiler rundt i Afrika
med de seneste opfindelser
der kan sikre rent drikkevand.
Et specialuddannet dansk ekspertteam
har fundet frem til
de mest truede mennesker.
En instruktør bliver på stedet og sikrer
instruktion og vedligeholdelse.
Samtidig instrueres i prævention.

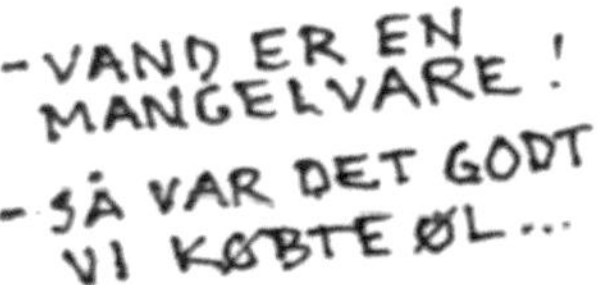

Danmarks nye position tager form.

To striber på himlen

Netop nu
er et stort hold
specialuddannede danskere
kørt ind i en flygtningelejr
i Tyrkiet.
De skal samarbejde med de lokale
om vand- og madforsyning,
hygiejne.

Sikre at der er tålelige
Boforhold.
Sikre at der er
lægetilsyn
og fritidsaktiviteter.
Sikre at den tiltænkte hjælp
fra omverdenen
når ubeskåret frem
til de rette.

Holdet skal
herigennem vise
at den vestlige verden
ikke er ligeglad
eller vender ryggen til
de nødstedte.

Prisen svarer til to Starfighter F35 Striker
inklusiv bomber, benzin og pilot.
Men mon ikke en sådan indsats
er mere værd end to striber på himlen..

Danmark og fremtid

Hej Danmark!
Hvor er du på vej hen?
Hvad vil du bevare?
Hvad vil du smide væk?

Kunstig intelligens.
Selvkørende biler.
Solenergi.
Robotter.
Droner.

Hvad vil du tage til dig?
Hvad er dit potentiale?

Klimaet skranter.
Affaldet hober sig op.
Flygtninge lider.
Afrika er i knæ.
Uligheden stiger.
De store snyder i skat.

Hvad er din sammenhængskraft?
Hvordan vil du fortsat være stolt af dig selv?
Hvordan ser din fremtid ud?
Vil Holger Danske vågne op
eller sidder han bare der
med hånden under hagen
og grubler
ligesom mig?!

Indhold